KB244424

앉은뱅이책상

바퀴/차종숙, 바다/김자영, 꺼벙이/노순일,
꽃님이/이경숙, 루뎅이/이광호, 마름모/나순희 지음

헤테로토피아 동인지

2025 창간호

앉은뱅이책상

바퀴_차종숙, 바다_김자영, 꺼벙이_노순일,

꽃님이_이경숙, 루뎅이_이광호, 마름모_나순희 지음

문학공감

헤테로토피아(hétérotopie)를 향하여

고석근(작가, 인문학 강사)

기성회비를 내지 않았다고 학교에서 쫓겨났다. 신작로를 걸으며 결심했다. '두고 봐라. 과학자가 될 거다.'

아팠다. 시를 썼다. '합격생'이라는 잡지에 실린 시를 보며, 회심의 미소를 지었다.

이런 방법이 있었어. 가난한 소작농의 아들이 돋보이는 길. 글쓰기.

그러다 대학 때 '4·19 기념 논문상'을 받으며, 새로운 인생이 열렸다. '나는 내 인생을 만들어 갈 수 있어!'

나는 나의 왕국을 만들어 갔다. 나의 춘추전국시대(春秋戰國時代). 제자백가시대(諸子百家時代).

나는 비로소 한 인간이 되었다. 피를 철철 흘리며, 나의 사상을 만들어갔다. 나의 사상의 시원은 공기다. 물이다. 불이다.

헤테로토피아(hétérotopie)를 향하여

모래알처럼 흩어져 살아가는 현대인. 항상 목이 마르다. 글쓰기
는 모래알 사이로 흘러 다니는 공기다. 물이다. 불이다.

우리는 '성(聖)과 속(俗)'의 두 세상에 산다. 이승과 저승. 지상
과 천국. 고뇌와 권태 사이를 오가는 시계추다.

글쓰기는 두 세상 사이로 흘러 다니며 경계를 허문다. 헤테로토
피아. 하늘의 뜻이 지상에서 이루어진다.

차례

꺼벙이/노순일

마름모/나순희

을사년에 서울 변두리에서 태어나 어설픈 서울 깍쟁이로 자랐습니다.
경기도에서 아이들과 함께 사는 연습을 하다 퇴직을 고민하며,
엉뚱하게 가까이 가보지 않았던 글쓰기에 기웃거리고 있습니다.
"나를 찾아서"

나의 개똥벌레

내 몸 안에 여름이면 개똥벌레가 산다.

하필 달 없는 밤인 줄 어찌 알고 지랄발광하는 개똥벌레 무리가
내 몸 안에 산다.

길든 짧든 지랄발광은 개똥벌레가 짝을 만나 영원히 살고자 하
는 본능이다.

기계에 국수 밀려 나오듯 개똥벌레 똥구멍으로 삐져 밀려 나온
퍼런 빛이 짝을 찾으면 내 내장 세포가 장단 맞춰 지랄이다.

바람 없는 여름밤 뜨거워진 내 표피로 물이란 물 이동하고, 물을
빼앗긴 내장과 개똥벌레는 만날 때마다 싸움질이다.

나를 사랑한다는 사람들은 내 안에서 뭔가가 일어나지만 뭔지는
감도 못 잡는다.

개똥벌레가 지랄발광하며 뿜는 빛이 내 내장 벽에 글을 새긴다
는 걸,

그 글은 내 살려는 본능의 수작이고, 그 글로써 영원히 살고 싶어 한다는 걸, 아닌 척하느라 내 튼튼한 괄약근이 개똥벌레 빛이 새는 걸 막고 있다는 걸,

표현할 수 없는 글, 표현되지 않는 글 대신에 나는 개똥벌레 빛이라도 뿜어야 하는데….

내 구멍으로 개똥벌레 빛이 새려면 입이라도 벌려야 하나?

달은 뜨지 않아!

개똥벌레가 개똥벌레를 만나 개똥벌레 딸을 낳고 개똥벌레 딸이 개똥벌레 만나면서 지랄발광을 한다.

지랄발광은 글이 되어 내 폐도 심장도 위와 장도 마구 저민다.

저며진 내장에 구멍이 나고, 거죽이 너덜해지면 저 밤하늘 몇 억년 전 초신성 폭발하듯 내 틈이 구멍 되어, 그 때 서 야, 내 언어는 푸른 빛으로 쏟아지려나,

그 때 쯤, 보름달 뜨려나

옛날의 오늘

내가

아기였을 때
무서울 게 없는 물고기였어

날 선 지느러미로
온갖 것 치대며 살았지

어느 날인가
물고기 위로 양서류가 덮이고

힘 들어간 뒷다리로
어디로 든 뛸 수 있었어

힘센
파충류는 양서류를 눌렀지

물고서 몸을 비트는
이빨의 악다구니!

옛날의 오늘

그러다
날개가 돋아 새로 산 적도 있어

공기를 박차는 날개 밑으로
보이는 건 다 쪼아댔지

요즘
이 기억을 숨겨두고 인간으로 살고 있다

세상에 빡치고 인정에 걸려 넘어지면
튀어나오는 물고기, 개구리, 악어, 독수리

미친년 뒤에 숨어 발광하다
그림자 되어 사라지면

그 순간은
오롯이 사람답게 살 수 있다

사는 게 쓴데 커피는 시?

젊어서 무모해서
가벼운 몸짓으로
얄팍한 말재주로
세상을 희롱할 때
커피는 달콤했다

혼자 먹구, 동료랑 먹구, 후배랑 먹구, 눈치 보느라 상사랑 또
먹다 커피로 배 터지는 날 저녁
삼겹살 냄새 밴 얼굴들 보며 적군을 섬멸하듯 뜨거운 커피를 숨
도 쉬지 않고 후딱 마시다,
토한다.
외계 생명체를 몰아내듯 깊숙한 곳 담즙까지 뱉어내면 목구멍은
날 선 톱에 할퀸 듯 쓰다.
커피 뒷맛은 쓰다 못해 피 맛이다

사람들이 속삭인다 "그건 구수한 맛이야 인생을 아는 자만 아는
맛이지"

어쩌나 지금 마시는 커피는 마시고 싶어 마시는 커피 아닌 커피
인데……

인생이 쓴데 커피까지 쓴 거

비껴가고 싶다

그림자는 저녁을 좋아한다

7층
아래
가로등이 켜지면_가로등이 始發이다

벽에서
천장에서
쌓인 책 틈에서
걸려 있는 옷에서

그림자가 튀어나온다

널부러졌다
일어서
춤추며 온다

7층
아래서
전조등이 비추면_전조등은 助 같지

창문 향해 내달리다
벽을 향해 내리꽂다
부딪치고 합치지며

그림자가 발광을 한다

별빛이 스쳐도
꺼먼 하늘 쳐다보며
짐승처럼 울어댄다

그림자 사람

얼룩진 벽지
때가 낀 바닥
아무렇게나 던져진

틈, 틈마다 사람이
콕! 박혀있다.

홀로
여럿이
부둥켜안고

왜곡된 몸통으로
과장된 팔다리로

눈만 있거나
입만 있거나

절규하거나
흘겨보거나

선택은 후회되고
결과는 참혹해

버티면서 외면할 순 없어
애써 지른 소리는 목구멍으로 넘어가

자빠져
벌벌 떠는

사람들,
사람들이
흘린 그림자

아스팔트 세상

한여름 해가 떴다 아스팔트가 녹는다 녹다가 말라 부서져 떨어
지며 모래가 검댕이 묻은 채 기어온다 길 가생이에 모려졌다 드러
난 모래에게 니체는 말한다 "자유는 자아를 표현하는 가장 강력
한 방법이야 자유를 누려라" 제가 찾은 독립이 아닐지라도 아! 또
다시 자유다 모래는 누렇게 들떠 아스팔트를 구른다 바다를 향해
구르면서 터지고 깨지며 얻었었던 자유는 잊은 채

한여름 해가 떴다 저를 바라보는 고양이를 숨다 굶어 죽겠는지
비둘기가 아스팔트로 나와 늦은 아침을 먹는다 신데렐라 계모가
말한다 "욕망은 살을 주고 **뼈**를 주고 새끼도 준단다 있을 때 **빼앗**
아 다 처먹어라" 비둘기는 누군가 게워 말라버린 밥알 부스러기,
부스러기, 모래알, 상관없다 쪼아대다 다 삼킨다 무거워진 배가
아스팔트로 처친다 비둘기는 더 이상 걸을 수 없다

한여름 해 아래 비둘기는 말라간다 해 질 때까지 개미는 비둘기
털을, 내장을, 살을 뜯고 물어간다 붉은 알갱이를 문 개미 줄이
끝이 없다 헨젤이 말한다 "누이가 집에 가려면 아끼지 말고 빵을
뜯어 버려라" 비둘기는 제 몸 다 뜯겨 버리고 집으로 돌아갔다 먹
이사슬을 제 손으로 끊은 게 아닐지라도 아! 영혼의 집으로, 안식
이다 배고프지 않아도 된다

　한여름 해가 져 내 그림자가 길어지자 용기가 난다 아스팔트를
바라보던 내 눈물도 마른다 신령님은 말한다 "금도끼 은도끼는
네 도끼가 아니야 탐하면 죽는다" 개미야 개미만큼 먹고 남겨놔
야 나도 먹지 붉게 부스러진 알갱이를 문 개미를 짓밟는다 개미는
붉은 알갱이에 스며든다 한여름 해가 뜨면 알갱이는 검게 덩어리
져 말라가겠지 제 스스로 뭉쳐진 건 아니지만 아, 하나 됐다

　한여름 해가 절정이다 나도 말라간다 난 누구에게 엉겨 홀로 설
수 있을까?

사랑을 할 거야

페로몬 냄새로 올지
돈 처바른 졸부 얼굴로 올지

모르는 사랑을 할 거야

볼 가죽 안쪽이 간지러워 말이 꼬이는
다리 관절이 미끈거려 걸을 수 없는

몸이 시키는 사랑을 할 거야

심장이 튀어나와 눈알을 가린
허파가 콧구멍, 귓구멍까지 부풀어

셈할 수 없는 사랑을 할 거야

깜깜한 우주에서 끈처럼 꼬여
스쳐도 자궁에서 꽃이 나고 자라 떨어지는

정말 사랑을 할꺼야

일 년, 아니 한 달만이라도
그러다 오늘 잊혀질지라도

오지게 사랑을 할 거야

오장 저미는 회한으로
몸통부터 문드러져 팔다리가 휘청대도

온 힘 다해 사랑했다 할 거야

새로 태어날 거야

어느 날 새를 낳았다.
새를 낳았다는 이유로 10일 후에 사지가 찢겨 처형된단다.
서–얼–마?

뭔가를
　　10일 안에,,
　　9일 안에,,
　　8일에,,
　　7일에,,
　　6일에,,
　　5일에,,
　　4일이면?
　　3일이면?
　　2일?
　　1일…
남았다.
　　10분이라도,
　　9분이,
　　8분이,
　　7분이,
　　6분…

뭔가를
　　　5분.
　　　4분,
　　　3분,
　　　2분,
　　　1분…
살기 위한
　　　육10　9　8　7　6　5　4　3　2　1초

씨팔, 좆같네.
왜 죽음을 당할까 관심도 없다.
무엇에 의해, 혹시라도, 어떻게… 살 수 있지 않을까
눈알 굴리다 전전긍긍적으로 죽어간다.

씨팔, 좆같네.
또 새를 낳을 거야, 또 죽는지 지켜볼 거야.
누군가의 새로 태어나 또 새를 낳을 거야 또, 또 새를 낳을 거
야…
왜 죽는지, 언제가 되야 죽지 않는지 똑똑히 지켜볼 거야

　　0

나이 들어 나는 말야

나이 들어 나는 말야

쭈글탱이 할멈으로 늙을 테야
볕 쐬며 밭일 나와, 황토를 꾹꾹 밟으며
손과 발에, 얼굴 가득 거친 주름 만들 거야

나이 들어 나는 말야

책과 뒹굴며 밤새도록 수다 떨 테야
살아 견딘 시간만큼 커진 나만의 세상
옹골차게 뛰는 심장으로 자랑할 거야

나이 들어 쓰잘 데 없어져도

나를 위한 노래를 만들 테야
펼쳐보지 못한 젊은 시절 꿈 다시 꺼내
술 한잔에 목 축이고 걸걸하게 내 노래를 부를 거야

나이 들어 쓰잘 데 없어져도

허리 굽은 할망구 위한 춤 출 테야
나를 통해 이룬 일들 박자 맞춰 꺼내면서
대지의 여신 되어 땅 밟고 춤추면 그게 축복이지

그러다 말라깽이로 죽을 테야

볕 좋은 날,
바위 등걸에 앉아
받은 거 다 돌려주고
크게 웃고 한숨 쉰 뒤 죽을 거야

꿈꾸는 세상

나는
1+1=2

너는
2×2=4

잘사는 누구는
$3^3=27$

허, 4−4=0
얘 보며 위안 삼으란다

1+1=2 ?
2+2=4 ?
3+3=6 ?
    ·
    ·
    ·

가 되는 세상만 돼도 좋겠다

꿈꾸는 세상

그 세상은

1+1=1 !

2+2=1 !

3+3=1 !

.

.

.

을 향해 달려가겠지

그러나

1△1=○

2ㅁ2=○

3☆3=○

.

.

.

내가 꿈꾸는 세상이다

자유인

해가 넘실거리면
나는 맨몸 우로 옷을 입습니다

해 닮은 샛노랑 옷을 고이 입습니다
연한 새싹 연두 옷을 입습니다
하늘 우린 파란 옷을 입습니다
맛있는 초록 옷을 입습니다.
자주 옷을 입습니다.
빨간 옷을
하늘빛
분홍
옷을 입습니다
옷을…
입을수록 나는 검댕이가 돼갑니다

나만 보는 검정 나

색 바랜 분홍 옷을 벗습니다
하늘빛 옷을 벗습니다
빨간 옷을 벗습니다
자줏빛을 벗습니다
초록을 벗습니다
파란빛을
연둣빛
노란…
옷을 다 벗습니다
옷을…
벗으니 투명한 내가 옵니다

원더우먼이 되고 싶었다. 환하게 웃으며 거침없이 살고 싶었다.
땅에서 뒹구는 것들을 위로하고 싶었다. 불평등을 바로 잡고 싶었다.
타고난 작은 종지로 큰 꿈을 가졌었으니 그만하면 되었다.
이제는 나를 사랑해야겠다. 글을 시작하는 이유이다.

바다/김자영

목련 나무에 꽃봉우리가 올랐다

겨울이 혹독했을까?
10년의 삶이 길었을까?

한때는 무성한 가지를 잘라 분양도 해 주고
살살 건드리면 향기도 주워 지우고 내어주던 장미 허브

죽은 듯 아닌 듯

쏟아지는 햇살과 부는 바람에도 미동도 없다
여린 잎 하나 틔우지도,
가느다란 줄기 꺾지도 못한 채 추레한 장미 허브

누군가는 그것도 삶이라는데
화려한 것만 생이 아니라며 견디라는데

됐고
싹둑, 줄기를 잘라낸다.
툭 하고 목련꽃이 떨어진다.

공생

굴포천에 바닷물이 섞이면서 생물들이 나댄다.

자전거를 타는 젊은 엉덩이가 씰룩거리고
둑방을 벗어난 오리는 길 위를 뒤뚱거리고
물고기는 몸을 휘어 수면 위를 넘나들고
할아버지의 트로트는 바람을 가르고
나물 캐는 여인의 칼날이 춤을 춘다.

살아있는 것들은 제 흥에 겨워 들썩이는데

둑에 오른 사내가 팔을 연신 휘~ 저으며
메아리 같은 소리로 추임새를 넣는다.
어어이!! 어어이~~
누구를 부르는 것인지 무엇을 하려는 것인지
의미 따위는 애초부터 없던 것이었는지
돌 위에 선 새들은 사내와 마주 서서 멀뚱거리고
용케도 새들을 불러 새운 사내의 몸짓이 커진다.

버스 안에서

비가 부슬부슬 내리는 궂은날
젖은 우산은 마땅히 둘 곳도 없어 꿉꿉한데
하차를 알리는 벨 소리는 울려대고
사람들은 계속해서 오르내리고
혼란함 속에도 각자의 세계에 들어앉아 고요한데

저기 멀리 운전석 뒤에 앉은 여인의 뒷모습이 눈에 든다.
제법 다부져 보이는 어깨
다 풀려 부스스한 단발머리
4월의 기온에도 벗지 못한 겨울 외투

나인 것 같다는 생각이 들다가
어릴 적 같이 자랐던 친구 같다는 생각이 들다가
친구는 무엇을 하고 있을까 궁금해하다가

뚫어져라. 여인의 뒷모습을 보며
얼굴을 보지 않아도 정말로 나인 것 같다는 생각이 드는데
핸드폰을 귀에 댔다가
들여다보았다 하는 여인의 행동이 아린데

종점까지 갈 것만 같은
엑스트라일 것만 같은 여인아

너는 누구니?

삼시 세끼

밥을 먹다가
덩그러니 혼자 앉아 밥을 먹다가
콩자반과 깻잎장아찌 입에 넣고 자근거리는데
문득,

얼마나 많은 것들이 입에 들어갔건만
또 얼마나 많은 것들을 입에 넣어야 하건만

콩이라든지 깻잎이라든지
물만 먹고도 살아가는 것들이 숭고하다.

자유 같은 거, 꿈같은 거
무언가에 쓰임이 있는 것들이 위대하다.

뒤틀린 사랑

비둘기는 사람 사는 세상이 좋습니다.
곁에 있으면 먹을 게 나오기 때문이지요.

잘 보이지도 않는 벌레들을 힘들게 찾아다니는 것보다
사람에게서 나온 먹거리는 밍밍하지 않고 입에 착 붙습니다.

고개만 앞뒤로 흔들며 종종거리고 있으면
귀엽다고 웃어주며 먹을 것을 던져주죠.

비둘기는 사람이 좋습니다.
곁에 있으면 보호받는 듯 안전하거든요.
위험한 상황이 오면 어서 피하라는 듯 소리를 내줘요.
천적들도 오지 못해서 이건 뭐, 무적의 상태라고나 할까요.

비둘기는 사람이 좋습니다.
많은 것을 가지고 있는 사람들을 사랑합니다.
오늘도 길에 떨어진 음식을 먹으며
날개를 접어 양옆에 붙이고
영원히 함께할 것을 다짐합니다.

변명

아침부터 내리는 비
오늘은 말랑말랑하게 살라나 보다

비가 오면, 빗물을 받고 싶다.
아주 먼 곳까지 다녀온 빗물
많은 것을 감싸 안았던 빗물

빗물이 빗물만이 아닌 빗물에 잠기고 싶다.

빗물 속에 있던 유전자 하나
잠든 나의 세포를 깨워 일으킬 것만 같다.
홀딱 젖어도 좋을
빗속을 낄낄거리며 질주하고 싶다.

햇살은 가득하고

오늘
내가 힘차게 움직이고 있는 건
어제
혼자 흘린 눈물 덕분인가
꺽꺽거리며 차오르는 설운 마음
묶어 가둔 채
조금만, 지금만
손등에 묻어난 눈물

돈 앞에서

 우연이었다. 주식을 샀다가 팔았는데 얼마를 벌었다는 말이 귀에 박힌 건.

 전에도 몇 번 들은 적은 있었다. 삼성전자 주식을 사서 수익이 났는데 팔아야 할지 모르겠다는 이야기를. '도박 같은 것을 좋아하네.'라며 치부해 버렸었다.

 월급쟁이 월급이라야 뻔한 것이었지만 자아실현이니 무의식이니 하는 것들을 따라다니며 우아하게 살았다. 그야말로 자의식은 비대해지고 행복감은 상승했다. 그러다 어느 날 남편이 몇 개월 실업자 딱지를 달았다. 앞날은 캄캄해졌고 어디 가서 도둑질이라도 해 오라며 생떼를 부렸다. '짐승이 되는 거 잠깐이네.'라는 위안으로 부끄러움을 감췄다. 그때부터였던 것 같다. 혼자 벌어서는 안 되겠다는 것을.

 코로나가 처음 발발하여 세계적으로 공포에 떨었을 때, 주식 시장도 박살이 났다. 방송에서는 빨리 탈출해야 한다느니 공포에 사야 한다느니 의견들이 분분하였다. 지인에게서 들은 주식으로 수익을 내고 있다는 이야기는 질투심을 자극하였다.

어떨 때는 빛의 속도로 움직일 때가 있다.

가까운 증권사를 찾아 앱을 깔고 지인의 도움을 받아 사라는 것을 사고, 팔라고 하면 팔아 수익을 냈다. 재미있었다. 별거 아니라는 생각까지 들었다. 하지만 욕심이란 절제를 잊는다. 자신감이 붙은 나는 더 큰 수익을 위해 뭉턱뭉턱 사댔다. 수익이 나 있는 종목도 더 큰 수익을 줄 것이라는 기대감으로 팔지 않았다. 고점을 찍은 시장은 빠지기 시작하는데 오르는 것만 봐왔던 나는 바라만 보고 있었다. 계좌는 어느새 마이너스로 돌아섰고, 팔아야 할 시기를 놓친 나는 '제발~~ 원금회복만이라도'라며 몇 년이 흘렀다.

대통령은 코스피 5,000포인트 시대를 약속하였다. 한국의 조선업과 원전기술까지 더해 반도체 슈퍼사이클까지 맞물리며 주식시장이 호황이다. 원금은 회복되었으나 탐욕이란 놈이 또다시 눈을 번뜩인다. 그만 떠나야 한다고 다짐하지만 마지막 버블일 때가 가장 많이 오른다는 말에 유혹된다.

돈 앞에서 머리와 가슴과 손가락이 분리된다.

빨간불이야

한낮의 햇살이 따뜻하게 쏟아지던 날

아파트 단지의 울타리를 벗어난 순간 할머니 같은 아줌마들이
동해의 밀물처럼 걸어온다.

관광버스에서 내렸나?

모퉁이를 돌아설 때도, 큰길로 접어들었을 때도 다른 사람들이
만든 같은 풍경이다. 비슷한 배낭과 짐 보따리, 두꺼운 옷들이 광
장의 이미지가 연상된다.

거사 후의 입담처럼 목소리들이 겹쳐 왁자지껄하다.
탄핵이 무효가 되면 멈출까?

평생 억눌려 온 에너지를 방출 중인 듯 그 끝을 알 수가 없다.

태극기는 지고 있는 배낭 안에 있을까?

바늘구멍 하나도 뚫을 수 없을 것 같은 답답함이 늦은 밤 검은
모자를 쓴 젊은이와 마주쳤을 때의 두려움과 겹친다.

한낮에 도심에서 느끼는 공포다.

할머니 같은 아줌마들마저도 경계해야 하나?

두려운 마음으로 신호등을 기다리고 섰는데 그들 중 몇 명이 쌩하며 길을 건넌다.

"빨간불이잖아."

차는 빵빵거리고 무사히 길을 건넌 이들은 웃음을 터뜨린다.

"바쁜 일 있나 봐."

뚜렷한 목소리에 용기를 내서 돌아보니 그들 중 한 명이다.

"어디 갔다 오시는 거예요?"

"여기 3층에서요."

물어보길 잘했다.

올려다보니 뿌옇게 먼지 낀 유리창에 '2층 전체임대문의'라는 글씨가 보인다.

철거하지 않은 옛 간판도 있다. 읽어도 어떤 곳인지 가늠할 수 없는 간판도 있다. 그 안 어느 곳에서 왔나 보다.

멀어지는 그들을 멍하게 바라보고 있으니 신호등의 빨간불이 깜빡거린다.

잠시 쉬어가야겠다.

무슨 냄새 안 나요?

지하철 7호선은 오작교이다
서쪽과 북쪽을 잇는 긴 노선
엄마는 서쪽 끝에서 내게로 오고
나는 북쪽으로 이동해
아들에게 간다.
손에는 늘 무엇인가 들려있다.
먹는 것이 가장 중요한 엄마는 먹을 것이 많고
혼자 사는 아들이 미덥지 않은 나 또한 다르지 않다.
엄마는 내게 건네고
나는 아들에게 건넨다.

7호선 역사에서
엄마는 손수레를 내려놓으며 내게 속삭인다.
"옆에 앉은 사람이 무슨 냄새 안 나냐고 묻더라."

경북 영천에서 자라
부천까지 흘러왔다.

시민이고자 용은 썼으나
도움이 된 것은 없고

이제는 業을 떠나야 할 때

이끌어주신
선생님과 벗님들이 고맙다.

어머니

봄비에 나무들이
흔들리는 게

설 전날 운명한
어머니가
나를 반기며
볼을 부비는 것도 같고

한 많은 이승에
생일 없는 소년을
오두마니 남겨두고
나는 간데이 야이야
한마디 말도 못 남기고

망할 놈의 할망구!

(나는 소공원 공중화장실에서
훌륭한? 정부가 지급한 두루마리 화장지로
찔끔거린 눈물 콧물을 닦았다)

아내의 밥상

새색시 밥상

선연히 푸른
갓 데친 미나리
정갈한 밥상
아내 냄새

시래기 된장국
고향의 맛
어머니 맛

아기 손바닥 참나물
섬섬한 맛
생명의 밥상
아내 맛

오늘도
아내의 밥상을 재현한다.
사랑의 맛
쓴맛
아린 맛

할머니의 적삼

할머니가 지어준
모시 적삼
삼십 년이 넘어버린

나와 함께
헤어져 버렸네

광어 미역국 끓여줄 테니
하루 더 자고 가라시던
너그러운 눈매
하염없이 바라보시던

그리운
고디국[1)

---

1) 경상도에서 올갱이국을 이르는 말

신길역을 지나며

신길역사
지하 어묵 가게
어묵을 먹는
긴 머리 처녀
중년의 아주머니
일요일 아침부터
뭐 그리 바빠스리

욕심이 없다 못해
무심한 얼굴
수수하고
단정한 아름다움이 스며온다
지금 당장
부처로 사는 사람이 꽃이다

법원 풍경

끝없이 충돌하는
직선의 콘크리트 건물
시뻘건 욕망

마스크를 쓰고
권리와 의무의 거미줄을
재단하는
영혼 없는 기술자

낡은 양복에
서류 보따리를 보물처럼 안고
무거운 발걸음의 의뢰인

득의만면한 얼굴의
법률가들
배고픈

검은 패딩에 등이 구부정한
무심한 도장 가게 아주머니
벼룩은 적게 먹고 많이 뛴다[2]

콜센터 처녀들이
삼삼오오 담배를 피우는
뒷골목
야만의 자본을 뛰어넘을
희망도 물 건너간

---

2) 법철학자 '라드부르흐'가 프랑스의 화가 '도미에'의 풍자화를 선별하여 '사법풍자
   화'라는 이름으로 엮은 그림책에서, 어설프게 큰 옷을 입은 어린 사무원이 서류를
   들고 법원으로 뛰는 그림에 붙인 말

짝사랑

가난했던 대학 시절
교회 청년부에서
가슴 태웠던
그니는
무얼 하고 있을까

반백의 할머니가 되어

아직도
내게 화내는 그녀

너는
내 맘속에
나도 모르게
여즉
살아있었니

복숭아 형제

발그스름한 백도
혹해서 먹다가
벌레가 지나간 구멍
눈 밝은 아우님이
먼저 다녀갔구나

우리는야 복숭아 형제
아득한 우주의 한 티끌
어머니 지구별의
젖을 빠는 형제들

나는야 인류세의
가장 탐욕스런
못난 형

할아버지의 추억

　초등학교를 졸업하자 부모님은 별거를 시작했다. 나는 같은 소도시에 살고 계시던 할아버지의 막내동생 즉 종조부님 댁에 기식하며 중학교 1~2학년을 지냈다. 아버지는 폐결핵에 시달렸고 가난했으므로, 할아버지가 손자인 나를 동생에게 맡기고 하숙비를 내주셨다.(이하에서 종조부님을 '할아버지'라고 쓴다.)

　나는 중학교 입학시험에서 수석을 하였는데, 할아버지는 이 학교에서 한문·문법을 가르치는 선생님이셨다. 할아버지는 퇴근 후나 휴일에 집에 계실 때 늘 붓글씨를 쓰셨다. 할아버지가 주섬주섬 붓이나 화선지를 챙기면 나보다 나이가 몇 살 적은 할아버지의 두 아들(종숙)은 축구공을 챙겨서 어느 틈에 달아나 버렸다. 나만 집에 남아 꼼짝없이 먹을 갈았는데, 보통 2시간이 넘었다. 이때 할아버지는 해서, 행서를 거친 후 초서를 연습했으므로, 먹을 갈면서도 무슨 글자인지 도무지 알 길이 없어 무척 답답하였다.

　일제 강점기에 굶주림을 면하려고 일본으로 가서 일본인 여자와 결혼하여 '파친코'를 경영해서 돈을 많이 벌었다는 향리의 먼 친척이 할아버지에게 '大漢和辭典'을 선물하였다. 이 사전은 전질이 12권이나 되는, 세계에서 가장 자세하고 방대한 한자/일본어 사전이다. 할아버지는 이 사전을 찾아가며 퇴계문집을 읽었는데, 퇴계 선생의 생각이 무엇인지는, 내가 장성해서 중년을 지나서 뵐 때까지도 끝내 말씀하지 않으셨다. 할아버지가 돌아가시고, 할머니 홀로 옛날 집에 사실 때 오랜만에 찾아뵈었다. 그때 우리 집안에서 그 책을 볼 사람이 없는 점이 안타까워서 한탄을 했다. 할머니께서 '너는 퇴계문집을 읽을 수 있느냐?'고 물으실 때, 못 읽는다고 대답하는 자신이 약간 한심했다.

할아버지는 늘 근엄했다. 수하들을 무릎 꿇리고 길게 훈계하셨다. 그런데 그 훈계의 내용이란 '우리는 양반이다. 근검절약하며 살아와서 5대조 때 근동에 천석지기 부자로 소문이 났는데, 그 후 대대로 장손이 일찍 타계하는 바람에 오늘날 가세가 많이 기울었다. 가문을 다시 일으켜 세워야 한다'는 내용과 오로지 '효도'를 강조하는 내용이 전부였다, 할아버지는 막내로서 장형과 셋째 형(나의 할아버지는 둘째)이 결혼 후 곧 돌아가는 바람에 큰 어려움을 겪었다고 한다. 오로지 '가문'과 '효'만을 강조하는 말씀을 들을 때마다 가슴이 답답했다.

결혼식을 마친 후 아내와 같이 할아버지 댁에 인사를 드리러 갔다. 할아버지가 계신 방에 들어가서 큰절을 드리려고 했더니, 할아버지가 급히 제지하셨다. 이유인즉슨, 정확하게는 기억을 못 하지만, 3촌 이내의 가까운? 또는 직계의? 웃어른에게는 문밖에서 큰절을 올려야 한다는 것이었다. 심한 모욕감을 느꼈다. 무슨 이런 경우란 말인가? 더구나 그 집은 방 밖에 툇마루가 폭이 좁아서 잘못하면 뒤로 나자빠져서 아래로 굴러떨어질 판이었다. 그런 수직적인 인간관계는, 소중화주의를 부여잡고 주자학에 매몰된 조선의 유림의 행태일 뿐, 공자가 말한 '예'의 본령에서 멀어진 것 아닌가?

대학에 들어간 후부터, 가까운 조상들이 격동의 현대사를 어떻게 살아왔는지가 궁금했다. 그러나 화석화된 효를 일방적으로 강요받는 외에, 할아버지로부터 의미 있는 이야기를 듣지 못했다. 그래서 그토록 자랑스러웠다는 가까운 조상들이 어떻게 지난한 현대를 살아왔는지를 알지 못한다. 그러니 존경하는 마음도 생길 수가 없었다. 황현의 '매천야록'이나, 김성칠의 '역사 앞에서'와 같은 훌륭한 가르침을 바라는 것이 아니다. 할아버지는 근동에 서예가로서 알려져, 비문을 쓰러 '비석제작소(석수공방, 속칭 돌 공장)'에 자주 가셨다. 말년에는 향교에서 서예를 가르치셨다.

얼마 전에 숙모로부터, 할아버지가 교원노조에 가입했다가 5 · 16 쿠데타 후에 구속이 된 적이 있었다는 사실을 들었다. 몇 달을 구속되어 있다가 집행유예 판결을 선고받아서 석방이 되었다고 한다. 할아버지가 평생 완고한 보수 꼰대가 되고, 경직된 성리학에 매몰된 것은 그 상처 때문이었을까? 그것만이 원인은 아니나 그 사건이 그의 삶의 지향에 큰 영향을 미쳤을 것으로 짐작된다. 할아버지는 끝내 나와 화해하지 못하고 돌아가셨다.

대법원장은 부끄러움을 아는가
-재판의 독립을 위하여

(2025.9)

국회 법사위가 조희대 대법원장에게 출석하여 증언하라고 의결했다. 대법원장은 내용이 없는 불출석의견서를 내고 출석하지 않음으로써 국회법의 규정을 정면으로 어겼다. 이러한 출석요구는 '삼권분립'을 위배하여 '사법부 독립'을 침해하는 것으로서 부당하다고 한다. 과연 그런가?

헌법에는 '사법부의 독립' 또는 '사법권의 독립'이란 말이 없다. 제103조에서 '법관은 헌법과 법률에 의하여 그 양심에 따라 독립하여 심판한다.'고 함으로써, 궁극적으로 '재판의 독립'을 규정하고 있을 뿐이다. 삼권분립 또는 권력분립이란 무엇인가? 모든 절대 권력은 부패하게 마련이다. 그래서 권력을 성질에 따라 나누어서 분립된 권력들끼리 서로 견제하게 한 것이다. 어느 한 권력이 공공성을 벗어나 사유화하여 부패하거나 기본적 인권을 침해하는 것을 방지하고자 함이다. 그리하여 주권자 국민을 더욱 잘 섬기라는 것이다. 따라서 대법원장이 출석을 거부한 것은 권력분립으로도 정당화될 수 없다.

존경받는 초대 대법원장인 가인 김병로는 여러 차례 국회에 출석하여 국민 앞에 설명하였다. 국회 출석을 거부한 조 대법원장은 무슨 한글날 행사에서 '세종대왕은 법을 통치에 이용하지 않았다' 운운. 이게 뭐 생뚱맞은 말인가? 역사적 사실로도 맞지 않을 뿐 아니라, 어느 국민이 대법원장에게 정치를 하라고 했나? 그는 위헌·위법한 비상계엄은 물론이고, 서울서부지방법원 폭동사태로 법원이 파괴되고 판사들 신변이 위태로웠을 때도 침묵으로 일관하였다. 그런 그가 대선 직전에, 가장 유력한 야당 후보에 관한 상고심을 법령과 관행에 어긋나게 전광석화와 같이 진행하여 전 국민의 의혹을 샀다. 대통령 선출에 관한 국민의 주권 행사를 침해함으로써, 노골적으로 정치의 한가운데로 뛰어든 것이다. 여기에 동조한 9명의 대법관과 파기환송심을 이례적으로 번개같이 진행하려던 고등법원 재판부의 줏대 없는 모습은, 재판독립이 내부로부터 무너졌음을 웅변한다. 오늘 재판의 독립과 법원에 대한 신뢰는 대법원장으로 말미암아 처참하게 무너져 내렸다. 건국 시기의 가인 이래 사도법관 김홍섭을 거쳐 수많은 법관이 근 80년에 걸쳐서 어렵게 쌓아 온, 재판의 독립을 알맹이로 하는 법원에 관한 신뢰가 뿌리째 뽑힌 것이다.

현대사의 험난한 민주화 과정에서 사법 관료는 별다른 혁신 없이 지배체제로서 유지되어 왔다. 그 결과 대법관을 비롯한 판사 전원에 관한 인사권·보직권을 가진 대법원장은 법원행정처를 통해서 삼천여 명의 판사를 좌우하는 제왕이 되었다. 판사들이 기여하지 않은 민주화의 혜택으로, 재판에 관한 정치권력 등에 의한 외부의 침해는 극복되었다. 그러나 제왕적 대법원장에 의한 내부의 재판 침해가 더 심각한 문제로 독버섯처럼 고질화된 사실이,

양승태 대법원장 시절 이탄희 판사의 양심선언으로 백일하에 폭로되었다. 현대사의 4차에 걸친 사법파동에서, 판사들의 요구로 대법원장이 물러난 적이 두 번 있었다. 조 대법원장은 스스로 물러날 만한 공직 의식이나 선비다운 자세가 없어 보인다. 판사들 역시 법 기술자로 개인화된 나머지, 용납할 수 없이 권한을 남용한 대법원장의 사퇴를 요구할 소명의식을 자각하지도 못하고 있다. 조희대를 탄핵하지 않고는 법원이 살아날 길은 없다.

이태원 참사와 법의 두 얼굴

2024. 4
(윤석열 탄핵 1년 전)

◆ 법과 상식

어떤 사건의 법적인 결론을 정당화하기 위하여, 법률가들은 흔히- 예를 들어 삼권분립이라는 - 法理에 따르면 그렇다고 한다.

정당화의 근거로 써먹는 이보다 더 막연한 말이 소위 legal mind이다. 법률/법리가 그렇다는 것이다. 법률가 자신도 쉽게 근거를 대지 못하는 법적 결론을 삼권분립이니, 법리이니, 리걸마인드니 하는 '불확정개념'으로 정당화하려는 것이다. 법률가의 이러한 말의 타당성을 가려내는 것은 시민으로서는 녹록한 일이 아니다. 이럴 때 가장 중요한 기준은 그 法/법리/법적 결론이 상식에 맞느냐이다.

◆ 법치주의와 법률주의

대통령은 걸핏하면 법치주의를 부르짖는다. 그러나 그가 부르짖는 법치주의는 '진정한 의미의 법치주의'와는 정반대이다. 법치주의란 민주국가에서 국가 권력을 행사할 때 반드시 국회에서 제정된 법에 따르라는 원칙이다. 예를 들어 구금하거나 징역을 살릴

때는 형법과 형사소송법에 따르고, 세금을 매길 때는 조세법에 따르라는 것이다. 시민의 기본적 인권 즉 생명·신체의 자유·재산을 보호하기 위해서이다. 그가 외치는 법치주의는, 무지랭이인 시민은 법을 지키라는 것이다. 그것이 악법일지라도!

근대법의 역사는 처음에는 통치자도 구애를 받는 법치주의를 세우는 데서 시작하여 점점 더 그 내용을 실질적 민주주의에 맞도록 채워나간 역사라고 할 수 있다. 무릇 시민의 기본적 인권을 보호하기 위하여 국가 권력을 수범자로 하여 통제하는 것이 법치주의이다. 정치적 고위 공무원들이 시민에게 법을 지키라고 강요하는 것은, 일제 강점기나 나치 시대와 같이, 법을 이용한 지배로써 '법률주의'이지 법치주의가 아니다. 날마다 대통령과 장관이 나서서 시민을 상대로 엉터리 법치주의를 부르짖으니, 그것이 독재가 아니고 무엇이랴! 큰 법은 저희들이 밥 먹듯이 어기는 '법꾸라지'이면서…….

◆ 역사 인식과 법

박근혜가 대통령 후보이던 2012년 말 쯤, 기자들이 '인혁당 사건'에 관하여 질문하자, 그는 인혁당 사건에 관하여 두 개의 판결이 있다고 짧게 답하였다. 1987년의 민주 항쟁 후 정치·사회적 민주화를 꾸준히 추진한 끝에 최근에 와서야, 안기부와 검찰의 중요한 조작 수사에 대하여 법원의 재심에 의한 무죄판결이 났다. 그리하여 인혁당 사건이 국가 권력을 이용하여 저지른 국가 범죄 행위, 즉 사법 살인이었음을 법원이 드디어 인정한 것이다. 만시

지탄이기는 하나 시민의 기본적 인권 보장에 획기적인 진전을 가져온 것이다. 그럼에도 불구하고 그는 재심 판결의 역사적인 의미를 완전히 몰각한 나머지, '두 개의 판결이 존재한다.'는 웃기에는 너무나 비극적인 말을 했다. 일부 시민들이 이를 지적하였으나, 이 땅의 법률가들은 이를 크게 문제 삼지 않았으니, 이 시대 이 땅에서 법으로 밥을 벌어먹고 사는 법률가로서 너무나 부끄러운 일이다.

♦ 이태원 참사와 공동체의 윤리 ―법과 정치의 관계

이태원 참사는, 이 나라가 과연 문명국가가 맞는지 개탄하게 한다. 159명의 무고한 죽음에 관하여, 그 누구도 사퇴는커녕 사죄조차 하는 고위 공무원이 없다. 법적 책임이 없다는 것이다. 이때의 책임은 형사(법적인) 책임을 말한다. 이쯤 되면 법 뒤에 숨어서 법을 방패 삼는 '법비'라고 할 만하다.

형사소송법은 범죄의 인정에 합리적 의심이 없는 정도의 증명을 요구하고 있다. 그래서 '증거불충분'으로 인한 대부분의 무죄란, 범죄사실의 부존재가 증명되었다는 뜻이 아니라, '죄를 지었다는 점이 확실하게 입증되지 않았다(not guilty)'는 정도의 의미이다. 또 법은 도덕의 최소한이라고 했다. 따라서 형사재판에서 무죄판결을 받았다고 해서, 정치적·도덕적 책임이 전혀 없다고 할 수 없다. 고위공직에는 필수적으로 높은 정치적, 도덕적 책임이 따른다. 그의 직무 권한의 행사 여하에 따라 다수 시민의 생명과 행복이 좌우되기 때문이리라. 그렇지 않다면 수많은 시민의 삶의 질을 좌우하는 권력은 사유화되고 만다. 공공성이 없는 권력은 국가가 아니라 마피아이다. 정치꾼들이 제 밥그릇만을 챙기기 위해 극한 대립을 일삼고 제 할 일을 못 하니, 정치적 합의를 이루어 풀어나가야 할 정책의 문제를 걸핏하면 수사와 재판으로 끌고 간다. 대한민국은 정치는 소멸하고 (사)법 과잉의 나라가 되었다. 정치가 소멸한 국가에서 대통령, 장관, 국회의원이 무슨 필요가 있을까? 검사와 판사에게 나라의 모든 일을 맡기면 되지 않을까? 검찰과 법원은 정책적 결정을 하는 기관이 아니다. 민주주의는 결국 다수결에 의해 정책에 관한 의사결정을 할 수밖에 없다. 다수결에 의한 결정이 정당성을 인정받기 위해서는, 소수의견을 가진 반대파와 충분히 대화하고 설득하는 과정이 선행되어야 함은 물론이다. 그 과정에서 침해당할 우려가 있는 소수자의 인권을 보호하는 것이 사법의 기능이다. 그래서 사법을 '인권의 최후의 보루'라고 한다. 따라서 수사와 재판이 만능이 아니며, 끝도 아니다.

충남 부여 출생
헤테로토피아 동인
2024년 시인정신으로 등단
시집 『집게 발가락』

꽃님이/이경숙

은행나무

기척 없이 도둑처럼
날 비가 내리고

지나가는 자동차 굉음 풀무질에
노랗게 질려 공간을 솟구치며
일제히 일어난 잎

바퀴 밑에 와드득 씹히는 비참함에
사정없이 인분 향을 발사하는 분노의 쌩똥

제이

가만히 들여다보면
누워있는 것 같지만
동글 거리는 눈짓
두 팔을 팔랑대는 몸짓

콩 담긴 시루에 물을 주듯
씻겨 놓을 때마다 자라는
콩나물

그냥 서 있는 것 같지만
끊임없이 움직이며
성큼 몰래 크는 나무

하얀 눈 위에 아기 첫발자국
울음은 태초의 엄마를 부르고
해가 뜨지 않은 이슬 위에
이미 빚이고 첫 햇살
그리고
넌, 우주

똥배짱

밭 둑길 둔덕
호미로 땅을 파고 뺑 돌려
원을 또 한 번 파서
똥을 넣고 가운데 구덩이에 던져 넣은
손톱만 한 씨앗 서너 개
시일이 지나면서
구린 똥 내는 유용해져
흙에서는 고소한 냄새로 화답하며
그 위에 돋아 올라온
눈부신 새순

새벽이면 거르지 않고
이슬을 붙잡아 날렵하게
멀리 뛰기를 하거나
때론 낮은 포복으로 구르듯
기어 잘 자란 양푼만 한
잎 달린 호박 줄기가
너른 고구마밭 가운데
길게 틀어 올린 용마름

고구마 두렁 사이로
익숙하고 자연스럽게 앉아 있는
바르고 당당한 호연지기 둥근 호박들의
똥배짱

똥통을 안으로 가득 들이고 살면서
굳건함과 강인함도 없이
고약한 냄새나 풍기는
우리네 몸

목련의 비상

바람이 얼레 빗질로
잔가지를 쓸어준다
토렴하듯이 다독거리는 공기의 설레임이
바다를 닮아 일렁인다

영양이 흐르는 가지에서
마성의 힘으로 소록하게 움튼 꽃멍울,
아기 입에 딱 맞는 젖꼭지를 닮았다

바람이 닿자
반죽된 꽃멍울이 발효돼서
분주하게 꽃송이가 입을 열면
금세 유즙이 쏟아질 것 같다

날개를 펴지 않은 하얀 학들이
가지마다 마주 보며 쉬고 있다

바람이 옷을 입히고
광선의 키스가 닿으면
활짝 날개를 펴고 우아하게
봄 하늘을 날아오를 것이다

참새들의 식사

조막만 한 무 다발은 잎사귀가 연하지.
뚝 자른 이파리를 철사 옷걸이에 차분차분 끼워서
베란다 바깥에 걸어놓았어.
쭉쭉 뻗은 겨울 햇살을 받고 잘 마르고 있겠거니 생각하며
올 정월 대보름날엔 시래기나물을 맛나게 먹을 수 있겠다 싶어
벌써 입맛을 다시게 되지 뭐야.

다음 날
찌그락짹짹짹 산란스런 새 소리에
베란다를 내다보니
예닐곱 마리 조막만 한 아기 새들이 무리를 이루고
만찬을 즐기고 있더라구,
이파리만 싹 다 뜯어 먹고
앙상하게 남은 줄기가 고드름처럼
갈비에서 살을 맛나게 발라 먹고
정갈하게 뼈만 남은 것이
고난도 기술이야.

높은 나뭇가지를 옮겨 다니다가
고단백질만 찾아 고기나 씹던
고상한 삶에서
먹이를 잃고 대지로 추락한 걸 보면
自然의 신이 죽어가고 있나 봐

식단까지 바꾸려 얼마나 많은 공략을 했을까,
날개는 퇴화할 테고
사람과의 경계가 허물어져
신비함도 사라지겠지!
비둘기처럼,

누가 아기 새에게 고기만 먹으라 했을까,
명령이 싫어서
채식주의자가 되고 싶은가 봐.

함박눈

감나무를 통째로
찹쌀풀에 휘저어 놓았다
채 썰린 가지마다 하얗게 꽃이 피었고

듬성듬성 남아서 단내를 풍기는
붉은 홍시에는
켜켜이 떡가루를 곱게 뿌려놓았다

휴가 나온 아들이 귀대하던 날
온밤을 하얗게 지새우며 만든
보자기에 싸서 들려 보냈던
무호박범벅 시루떡

벚꽃 터널

만개한 꽃송이를 가득 짊어진
잔가지들이 깍지를 끼고 하늘을 하얗게 덮고 있다

자지러지는 웃음과 들썽거리는
발걸음들이 부산스럽지만
머리 위로 겨울비처럼 떨어져 단명으로
요절하는 꽃잎이 서럽다

길 끄는 소리와 함께 꽃상여가 반달처럼
굽은 길다란 봄 무덤 안으로 들어간다

아름다운 백발!

수국

입안 가득 빨아드린 연기를
개 같은 인생이라며 쪽빛 하늘에 분노를 푸욱 내뿜고
아래로 가래침을 캬악 뱉는다

차마 곧게 서지 못하고 쓰러질 듯 서서
겨우 핀 장미꽃
그 줄기를 타고 스멀스멀 기어가는 송충이를 보고
"씨발 좀 제대로 살아보겠다는데 죄야!"
난이도 발차기로 떨어트리고
운동화 발로 바닥을 쫘악 훑는다

병원 옥상 휴게실
사발만 한 수국
천태만상 갖은 병을 바라볼 때마다
위로를 주었지만
정작 자신은 전이되어
쇳덩어리가 된 꽃 무게가
바람에도 흔들리지 않는다

매미

한번을 울기 위해 수년을
몸부림친다
나뭇잎도 가녀린 울음을
에워싸고 함께 흔들린다
한여름에 더위를 끌고 다니는 바람처럼
울음은 소란하지만
굳은 흙처럼 허망하지 않게 살겠다는 집념에
차라리 정적이다
오래 머물지 못하는
몸뚱이기에 대들보 같은 나무를
혼신을 다해 붙잡고
불같은 태양을 파먹고라도
어떻게든 살아야지
울음이 구슬프다기보다
팍팍했던 목구멍부터 명치까지 뚫어놓는다
나는 언제 목놓아 한번 제대로 울어 본 적 있나

시래기

늦가을 날씨가 스산하던 날 바람은 잔잔했다.

새벽부터 그녀는 뒤꼍에 가마솥을 걸어놓고 장작불을 지핀다.

이미 두어 솥째 삶아낸 무시래기를 마당 평상에 건져 놓고 부삽
만 한 나무 주걱으로

휘저어 널어놓는다.

그녀가 해마다 이맘때 치르는 연례행사이다.

둠벙에서 물고기가 수시로 튀어 오르듯 뒤꼍과 마당을 떠다니
며 싸리 빗자루 훑듯 종종대는 아내를 보고 궁상떨다가 병들면
자식들이 수발들어 줄 것 같냐는 둥 항상 옆에 있는 나만 힘들다
는 둥.

자식 향한 애틋한 마음은 같으면서 당장 눈앞에 아내가 더 안쓰
러워 심지 없는 헐렁한 말로 쫓아다니며 잔소리를 한다.

하지만 그녀는

죽으면 썩을 몸 삭신 수족 멀쩡할 때 내가 좀 더 움쩍거려 자식
들 입이 풍성하면 그걸로 됐다며 귓등으로도 듣지 않는다.

그러고도 얼마간 허둥스레 움직이나 싶다가 그만 넘어지듯 바
닥에 누워버린다.

돌부리에 걸렸나 보다 하고 대수롭지 않게 다가가서 보니 땅바

닥이 흥건하게 오줌을 싸놓고 의식을 잃어버린 것이다.

응급상황이니 신속하게 병원을 가긴 했지만, 시골에서 도시 대학병원 가기까지가 시간이 걸려 골든 타임을 놓치고 만 뇌졸중.

병은 악화되고 진행은 빨랐다.

마비된 사지, 닫힌 언어, 초점 없는 눈동자 등,

출가해서 객지에서 사는 자식들이 각자 식솔들 꾸리고 바둥바둥 사는 게 마음이 쓰였다. 식비 절감이나 될까 싶어 돈으로는 보태 줄 형편이 못되니 푸성귀나 시래기라도 잘 말려 한 움큼씩 보내주려는 그녀의 궁리가 의도치 않게 자식들의 가슴엔 지울 수 없는 옹이가 박혔다.

그렇게 의식과 운동기능 없이 병상에 누워있다.

평상에 널어놓았던 시래기보다 먼저 삐들삐들 말라가면서 희나리가 되어가고,

생명만 유지하는 상태로 한참을 지내다가 지푸라기 생을 놓아버리고 영원의 자유로운

길로 떠난 그녀.

오늘도 그날처럼 바람은 그리 많이 불지 않고 날씨가 차다.

단풍 든 나뭇잎이 솔랑솔랑 떨어져 낙엽 되어 뒹굴고

시래기 된장국을 먹으려는데

눈물이 밥상 위에 둠벙둠벙 떨어진다.

팽나무

늙을수록 추레하게 다니면서 궁상맞게 보이면 못쓴다고 곱게 화장도 하고 화사하게 차려입고 핸드백을 들고 외출 준비를 한다.

사는 집은 엘리베이터가 없는 4층이고 정기적으로 다니는 병원 또한 3층이다.

그런데 꼭 챙겨서 예쁜 핸드백에 넣을 것이 두 가지가 있다.

손바닥 쪽으로 빨갛게 코팅된 목장갑과 하얀 비닐로 된 스틱 모양의 액체가 들어 있는 위궤양약이다.

요즘 추세로 본다면 칠십 중반이니 젊은 나이다. 하지만 애 낳고 일찍부터 행상으로 무거운 것 이고, 들고 발바닥이 닳도록 발품을 팔고 다녔기에 관절이 버티지 못하고 일찍 망가졌다. 이제 죽을 때가 다된 노인 할망구라며 자책이 심하다.

계단 내려갈 때는 옆 난간을 붙잡고 옆에서 부축하면 더듬더듬 내려가지만 계단 오르는 걸음은 1층 이상이라도 걷지 못한다.

계단 앞에 서면 핸드백을 열고 코팅된 목장갑을 먼저 꺼내서 양손에 낀다.

두 발은 뒤쪽을 딛고 코팅된 목장갑을 낀 손은 앞발로 사용하여 네발로 기어 올라간다.

소싯적 본인 굶주림보다 더 안타까운 건 동생들 굶주림이었고 궁핍이 싫어서 돈을 벌어야 했다. 그래서 맏이 역할을 다하겠다고 도시로의 상경이 자칫 못난 사정으로 술집으로 빠졌다. 직업상 허구한 날 술을 마시게 되니 한계에 부딪히면 이빨에 실을 길게 걸어 매어서 술 마실 때 함께 넘기고 바로 뒷간에 가서 실을 잡아당겨 도로 다 올려 토해서 내뱉기를 생활하다시피 했다.

장소 불문하고 이따금 얘기들처럼 막대사탕 빨듯 비닐 스틱을 쫍쫍 빨고 있는 것은 가만있다가도 한 번씩 위가 뒤틀리기 때문이다

위경련 증세는 그때 무리를 주었던 원인이고 지금의 상태라는 것.

하지만 자식들 어느 놈 하나 어미를 궁휼하게 보는 놈 없다고 탄식하다가 날씨 변화만 와도 대뜸 전화를 건다.

"8월 볕이 사람도 도살하것다.

니들 무탈허지?

어미는 걱정 마, 잘 지냬께,"

'어머니'라는 흔들림 없는 이름이 안식을 준다.

마을 입구 당산나무처럼.

서울 용산 산동네 출생
2022년부터 꼬마평화도서관 관장
2023년부터 시시視時한 인문학 입성
2024년부터 헤테로토피아 동인
2024년부터 시시視時한 대학 학장

잠 못 드는 이유가 궁금해

윗집 개가 컹컹 짖는다.
아내가 짜증을 낸다.

창문으로 담배 연기가 들어온단다.
'담배 피지 마!' 창을 향해 소리 지른다.

내가 샤워하는 소리에 선잠에서 깨었다고 불만이다.
11시 이후에는 샤워는 금지다.

내 방 텔레비전 소리에 잠 못 이룬다 불만이다.
소리를 최대한 줄인다. 무슨 말인지 안 들린다.

어머니 방 텔레비전 소리에 잠 못 이룬다 불만이다.
'어쩌냐 줄인다고 줄였는데, 텔레비전 위치를 바꿔 보자' 하신
다.
'어머니 이제 날씨가 시원하니, 서로 문을 닫으면 돼요.'

이제는 과연 잘 잘 수 있을까?

잠 못 드는 이유가 궁금해

저같이 아무것도 아닌 사람

사과한다고 단상에 서서 인사하는 다소곳한 모습을
예쁘다고 느끼는 순간 역겨워 토할 것 같다.

사과 말을 할 때 드러나는 성형하여 어색한 입 모양에서
매력을 느끼는 순간 역겨워 토할 것 같다.

가슴에 4398 번호, 법정에 들어서며 다소곳이 인사하며 앉는
모습을 보고
참해 보인다 느끼는 순간 역겨워 토할 것 같다.

법정에 앉아 변호사와 소곤소곤,
권리를 챙기는 거겠지? 지도 국민이니까.
오직 자기만 중요한
아무것도 아닌 년

시소와 널뛰기

시소를 탄다.
너와 내가 앉았다.
에고 내가 조금 앞으로 가야겠다.
조금씩 균형을 맞추어 간다.
이제 오르락내리락 놀아볼까.
오르락내리락
네가 오르락하면, 나는 내리락
내가 오르락하면 너는 내리락
오르락내리락
네가 올라가 보는 세상
내가 올라가 보는 하늘
시소는 이렇게 너와 내가 움직여 균형을 이룬다.

널뛰기한다.
너와 내가 마주 선다.
에고 널판을 네 쪽으로, 에고 널판을 내 쪽으로.
조금씩 균형을 맞추어 간다.
이제 쿵덕쿵덕 뛰어 볼까.
쿵덕쿵덕

네가 쿵 하면, 나는 덕
내가 쿵 하면, 너는 덕
쿵덕쿵덕
너는 얼마나 높은 세상을 날 수 있을까~
나는 얼마나 높은 하늘을 날 수 있을까~
널뛰기는 이렇게 판을 움직여 균형을 이룬다.

공허하다

위층에서 짖는 개 소리
컹
컹
컹
컹

컹

컹
컹

허전하다.
공허하다

컹

컹
컹

컹
컹
컹

답답하다.
순간순간 배가 꼬인다.
'구해달라', '보고 싶다'라고 들리기라도 한다면
이리 답답하지도 공허하지도 않을 것 같건만
컹
컹

컹

컹
컹
컹

공허하다.

우리는 누구나 좋은 사람

나는 효자 효녀
열심히 검색한다.
조금 비싸긴 해도 여기가 평가가 제일 좋다.
잘 봐 주세요, 요양사에게 뒷돈도 찔러 준다
나는 효자 효녀니까

나는 현 모 양 부
정신이 깜빡깜빡
아이들에게 피해를 주고 싶진 않다.
요양원을 가고 싶지도 않다.
나는 어질고 좋은 엄마요 아빠니까
나는 좋은 사람
잠 안 잔다고 똥 자주 싼다고
철썩철썩 손바닥에 사랑을 담았다는데….
존중받고 싶은데
꼼짝 말고 오래오래 살라만 한다.
나는 좋은 사람이니까

나는 성실한 직장인, 오늘도 무사히
환우들은 나의 사랑스런 고객, 최선을 다한다
그래도 오늘만큼은 조금 덜 힘들었으면
고객들이 조금만 덜 움직였으면
사랑 담아 철썩철썩
나는 성실한 직장인이니까

아들 놀이

"엄마"하고 소리 지르니
왠지 시원하다.
소리 질러서일 게다.

"엄마"하고 소리 지르니
왠지 마음이 편하다.
엄마가 있어서일 게다.

"엄마"하고 다시 소리 지르니
그제서야 웃으시며 "오냐" 하신다.
65세 아들이 부르는, 엄마

"엄마"하고 또 소리 지른다.
엄마하고 부를 엄마가 내게는 있다.

"엄마"하고 또 소리 지른다.
"시끄럽다." 하신다.
"엄마"하고 그래도 소리 지른다.
한소리들은 나는 머쓱해
"커피 한 잔 안 해요?" 한다.

94세 노모가 커피를 타 쟁반에 들고
조심스레 어기적어기적 소파로 오신다.

기꺼운 삶

　내가 자란 곳은 서울 용산 어느 산동네이다. 산동네 비탈진 골목은 우리 놀이터다. 이 놀이터에서 축구, 야구, 구슬치기, 망 까기, 술래잡기, 말뚝 박기, 오징어 상, 전쟁놀이 등을 하며 어린 시절을 보냈다. 골목은 시끄러웠고, 우리가 차고 던진 공은 담을 넘어 남의 집 지붕이나 장독대에 떨어졌다. 어른들은 시끄럽다거나 기와나 장독이 깨진다고 나무라며 내쫓았다. 우리가 가지 않으면 물을 뿌리기도 했다. 이럴 때 어른에게 나는 여기서 놀 권리, 놀 자유가 있다는 생각이 들어 "놀이터를 만들라고 돈 낸 적이 있나요? 왜 우리가 노는데 훼방 놓으세요!" 하며 대들었다. 어른들은 대부분 어이없는 표정을 지으며 자리를 피했다.

　초등학교 시절 교회에 가고 싶었다. 교회에 가면 사탕이나 빵을 주었다. 청소년 시절에도 교회에 가고 싶었다. 여자들이 있기 때문이었다. 그러나 나는 교회에 가지 않았다. 일요일이면 반드시 교회에 가야 하기 때문이다.

　맞벌이 부모님에 3남 2녀 중 막내로 태어난 나는 기대로 인한 구속보다 귀여움을 독차지하며 매우 자유롭게 컸다. 바로 위 누님 둘은 나를 모성애로 돌봤기에 사랑받으며 자유롭게 성장했다. 그래서 그런지 나는 내 자유를 구속하는 것이 매우 싫었다.

　초등학교 4학년 언젠가 아파서 아침에도 일어나질 못하니 엄마가 오늘은 학교 가지 말라며 머리맡에 사과를 깎아 놓고, 먹고 싶은 것 사서 먹으라며 용돈도 주시고 일하러 가셨다. 오전이 지나지 않아 아팠던 내 몸은 개운해졌다. 사과도 먹고 군것질도 하며 시간을 보내니 동네 동무들이 하교한다. 오후에는 동네 동무들과 신나게 놀았다. 일주일쯤 지나 숙제를 안 해 걱정하던 끝에 지난번 아파서 학교 가지 않고 누렸던 때가 떠올랐다. 엄마에게 아프다고 꾀병을 부렸다. 엄마는 또 사과와 용돈을 주시고 출근하셨다. 집에 아무도 없자 신나서 일어났다. 사과도 먹고 군것질도 했다. 더 이상 할 것이 없어 빈둥거리며 동무들이 하교하기를 기다렸다. 이 시간은 그때까지 겪었던 어느 때보다 지루한 시간이었다. 차라리 아파도 학교를 가서 친구들과 노는 것이 훨씬 좋겠다는 생각이 들었다. 이후 나는 모든 학교 과정을 개근했다. 이 일로 나는 동무들과 함께하는 것이 얼마나 소중한 일인지를 알게되었다. 이후로 늘 친구를 만들었다.

친구와 함께하기 위해 자주 내 자유를 접고 맞추며 살아왔다. 그럼에도 어린 시절은 물론 성장하고 노년을 맞은 지금까지도 내 자유는 무엇보다 소중한 가치이다. 이처럼 함께 사는 것과 개인의 자유는 서로 충돌한다. 그래서 사용한 방법은 때로는 개인의 자유를, 때로는 함께 살기를 선택하며 살아왔다. 이런 맘을 항상 품었던 나는 몇 년 전 처음으로 인문학에서 만난 '자유로운 개인으로 더불어 살아가는 사람'이란 문구가 눈에 확 들어왔다. '어떻게 자유로운 개인으로 더불어 살아갈 수 있을까? 내 자유는 남의 자유를 침해하기 십상이고, 더불어 살려면 자칫 내 자유가 침해받기 십상인데 말이다.' 인문학은 이러한 딜레마에 대해 답을 보여 주었다.

인문학을 배우며 '기꺼운 삶'을 살면 아무리 자유롭게 살아도 남의 자유를 침해하지 않을 수 있다는 것을 알게 되었다. '기꺼운 삶'을 살려면 타고난 대로 살아야 한다. 타고난 대로 내 안에서 솟구치는 그 무엇으로 살아야 한다.

우리 사회는 가정교육, 학교교육, 사회교육 모두에서 내 안의 솟구치는 그 무엇을 찾으라거나 느끼라거나 하는 교육을 받은 적이 없다. 우리는 내 안에 솟구치는 그 무엇을 부정하며 살아왔기에 내 안의 솟구치는 그 무엇이 있는지조차 알기 어렵다. 이제라도 나는 나를 잘 살펴 내 안에서 솟구치는 그 무엇을 찾아 기꺼운 삶을 살고 싶다.

조바심과 여유

어머니 80여 세이실 때 경로당을 몇 번 가보시더니 안 가신다고 하신다. 왜 그러시냐 물어보니 스스로도 노인임에도 노인들과 있는 것이 싫다고 하신다. 그리하여 찾은 복지관 문화센터의 일어 공부. 태어난 곳이 일본이고 11살까지 일본 사람으로 알고 자랐고, 16세에 해방되어 우리 말도 못 하는 상태로 한국에 들어왔지만, 거의 70년을 우리말을 사용하며 살아왔기에 '일본어를 많이 잊어버렸다.' 하신다. 일어 수업을 몇 번 듣기 시작하니 웬만한 사람들보다 일어를 잘하시는 건 너무 당연해 보였다. 그럼에도 일본어를 배운다고 하시니 무슨 마음인지 궁금하기도 한데, 공부라기보다 소일거리로 보인다.

일주일에 한 번씩 일어 수업을 들으신 지 벌써 10여 년이 되었다. 이 수업은 6개월 단위로 수강 신청을 해야 한다. 수강 신청은 2주간의 방학에 들어가기 1주일 전에 해야 한다. 그때마다 어머니는 사람이 몰려 수강 탈락할 수 있으니 9시에는 가야 한다며 서두르신다. 이렇게 수강 신청을 매번 서둘러 마치신다. 신청한 사람이 많았냐고 물으면 매번 겨우 채웠다고 하신다. 수강자는 수강 신청한 다음 추첨으로 정해진다고 하시면서도 어머니는 매번 서두르신다. 어머니의 조바심은 나를 짜증 나게 한다.

2년여 전만 해도 문화센터에서 운영하는 셔틀버스가 있어서, 어머니가 알아서 등하교하셨다. 그런데 예산 문제로 셔틀버스가 사라져 버렸다. 그래서 매주 화요일 아침 10시 자가용으로 어머니를 등교시켜 드린다. 그런데 어머니는 9시면 이미 등교 준비를 싹 마치고 방 침대에 누워 TV를 보며 기다리고 계신다. 이 모습은 '왜 이리 서두르시나?' 하는 생각에 내게 부담으로 다가와 짜증에 이르게 된다.

지난 4월 어머니 생신을 맞아 형네 가족과 함께 고양시에 있는 고깃집에서 12시에 모여 식사하기로 했는데 부천에서 1시간이면 충분한지라 10시 30분쯤부터 준비하고 11시쯤 출발하면 되겠다고 생각하는데 어머니는 9시에 이미 화장 다 하시고 외출복 입으시고 방에서 기다리고 계신 모습이 목격된다. 무엇을 이리 서두르시나 어차피 우리와 함께 가는 것이어서 우리와 맞추면 될 일 같은데 하는 생각이 들면서 괜스레 맘이 불편해진다.

얼마 전에는 무엇을 잘못 드셨는지 며칠째 설사를 하신다. 병원에서 주사 맞고, 처방받아 약도 사드시니, 조금은 나아진 듯했다. 그래도 아직은 밥을 드셔도 바로 비워 버리시니, 배에 든 것이 없는지라 힘없는 소리를 꽁꽁 내신다. 이렇게 힘없으실 때는 순댓국 드시기를 좋아하신다. 나는 순댓국을 싫어하는 터라 손녀와 다녀오시겠냐, 하니 반갑게 '그런다' 하시며, 복잡한 점심시간은 피해 1시쯤 가자 하신다. 그런데 어머니는 11시 30분에 이미 가발 쓰고 화장하고 외출복 입고 거실로 나와 소파에 앉아 있는 내 옆에 앉는다. 서두르는 모습에 결국 부아가 나서 "아니 뭘 이렇게 서두르세요." 소리치고 나는 내 방으로 줄행랑친다.

줄행랑쳐 들어온 내 방에 앉으니, 책꽂이에 꽂힌 '명시 인문학'

이 눈에 띈다. 꺼내어 읽다 보니 글들이 내 마음을 쿡쿡 찌른다. 마음이 답답해 온다. 마음을 달래려 청소기 들고 청소를 하고 걸레로 구석구석을 닦는다. 구석구석을 더욱 깨끗이 닦으며 ‘이 길의 끝에는 공원이 있고, 공원의 끝에는 집이 있다. 이야기의 끝에는 내 이야기가 있다.’라는 내용의 그림책이 떠올랐다. 어머니의 조바심은 오랜 경험에서 나왔을 것이다. 약속이 잡히면 ‘그 약속을 지키려 준비하는 과정을 즐기고 그 끝에 오는 여유를 즐기려는 것 아니었나?’ 하는 생각을 하게 된다. 어떤 이는 갑각류를 보고 그 속에 갇힌 자신을 발견하고, 어떤 이는 아스팔트 도로를 뚫고 올라온 풀을 보고 자연의 정화 능력을 보고, 개구리가 자동차에 치여 죽는 것을 보고 생명으로도 이 거대한 사회가 굴러가는 것을 멈추지 못함을 본다. ‘어머니의 조바심 끝에는 여유가, 여유 끝에는 조바심이 있겠구나’ 하는 생각을 하게 된다.

교육자 유감

　고등학교 1학년 2학기 어느 날 국어 선생님이 내 명찰의 광(光)자를 보고 "어! 미칠 광이네" 하셨다. 이후 나의 별명은 '미칠 광'이 되었다. 두 달이 채 지나지 않아 남침용 땅굴이 발견되었다면서 "미친개는 몽둥이로"라는 문구의 현수막이 나타났다. 바로 내 별명은 '미친개'가 되었다. 선생님의 작은 장난으로 내가 미친개가 되어버린 슬픈 이야기이다. 별로 듣기 좋은 별명이 아니라, 반응을 하지 않았지만, 쉽게 사라지지 않았다. 그래서 미친개라는 별명을 적극적으로 생각해 보았다. "그래 세상의 모든 인간은 사실 개다, 그런데 나라는 개는 사람이 되려고 하니 '미친개'로 보이겠지, 하하하 그래 이 개들아~ 나 '미친개' 맞아, 너희들은 그냥 '개'! 하하"하자 별명 '미친개'는 사라졌다. 이 선생님은 2학년 2학기 말 동복의 호크를 채우지 않았다고 반갑게 인사하는 나를 불러 세워 따귀 20여 대를 때렸다. 말로 훈계하거나 두어 대 정도로 끝내야 하는 정도의 실수로 지나친 체벌을 당하는 내 머릿속은 복잡했다. '이 인간이 집에서 싸우고 나왔나?' 정말 어처구니가 없었다. 선생이기에 많이 지나친 체벌에도 아무런 말도 하지 못하고 돌아서야만 했다. 아니 오히려 꾸벅 인사를 해야 했다. 이 선생은 나름 재미있게 수업을 진행하여 다소 호감을 느꼈던 선생이다.

　고등학교 3학년 1학기 아침 자율학습을 진행했다. 자율학습인 만큼 늦으면 알아서 칠판에 이름을 적고 선생님이 조회하러 오실 때까지 교실 뒤에서 '엎드려뻗쳐'를 하고 있어야 한다. 어느 날 조금 늦어 이름을 적고 벌서고 있는데 9시가 넘어 10여 분이 지나도록 담임 선생님이 조회하러 오시지 않았다. '안 되겠다.' 싶어 자리에 돌아와 앉았다. 앉자마자 선생님이 들어오셨다. 선생님은 나를 포함한 앞에 이름을 적은 학생들의 이름을 모두 불러 확인한 다음 내 이름을 다시 부르며, "앞으로 나와, 자넨 왜 들어와 있지?" "선생님도 9시까지는 오셔야 하지 않나 싶어, 9시가 지나서 들어왔습니다." "그래, 근데 좀 당돌하구나!" 하며 30여 대의 따귀를 그 자리에서 때린다.

'씨발 이게 뭐야! 이게 무슨 큰일이라고, 이렇게 사람을 때리나!' 저항할 수 없는, 어쩔 수 없는 이 상황이 너무 싫었다. 잘못했다는 생각이 없는데, 반성문까지 써오라 한다. 도저히 쓸 수 없는 반성문이기에 친구에게 써 달라 부탁해서 마무리되었다. 이날 조회가 늦어진 것은 아마도 교무 회의가 여러 가지 이유로 길어진 탓이 내게 반영된 것 같다. 참 나쁜 선생이다. 이 선생님을 나는 평소 꽤나 학생들을 위해 애쓰는 선생님이라 생각했다.

이 시절 교사는 절대 갑이고 학생은 절대 을이었다. 교사들은 학생의 잘못을 보고 학생을 위한다며 손쉽게 체벌을 가했다. 나의 경우처럼 체벌하면서 교사 스스로도 모르게 자신의 감정 상태를 투영하기도 했다. 과거에 교사가 이처럼 절대 권력을 행사할 수 있었던 가장 큰 이유 하나가 일방적인 소통 방식이라고 생각한다.

일방 소통은 2000년대에 들어와 인터넷 게시판을 통해 쌍방 소통으로 바뀌더니, 이제는 학부모와 학생들의 힘이 더 강해진 것 같다. 어떤 사회에서도 누구든 갑이 되면 안 된다. 교육에서 교사가, 학생이, 학부모가, 정부가 갑이 되어서는 안 된다. 우리나라의 교육 문제를 바로잡으려면 학생이나 학부모, 교사와 정부, 그리고 사회 모두가 힘을 합쳐야 한다. 누가 정권을 잡더라도 교육이 흔들리지 않도록 교육기반을 튼튼하게 만들어야 한다.

이러한 일에 앞장설 집단은 교사다. 나는 교사를 믿는다. 믿어야 한다. 교사들은 참교육을 이야기하며 오랫동안 싸웠다. 그 싸움은 요즈음 많이 힘이 빠져있는 것 같다. 힘을 내어 새로 시작하면 좋겠다. 퇴직 교수나 교사들은 매우 안정된 삶을 보장받는다. 그런데 퇴직했다고 교수, 교사로의 사명을 잊어버려야 하겠는가? 퇴직 교육자들도 '퇴직교사모임'을 만들어 어떻게 우리 아이들의 참교육을 이루어 나갈지 길게 보고 논의하면 좋겠다. 이 모임에서 나온 내용으로 국민과 정부를 설득해 보자. 교육이야말로 백년지계 아니겠는가?

남자와 노모

　나이 39세에, 예쁜 얼굴에 반해 12번 만나고 6개월 만에 결혼하고, 3일 만에 각방 쓰고 3개월 만에 파혼한 60세 된 조연급 남자 배우가 재혼한다며 선보는 장면이 TV에 나온다. 남자는 예의라며 나름 깔끔하게 차려입고, 일찌감치 도착해 기다리고 있다. 곧이어 아름다운 여성 한 분이 계단을 타고 내려온다. "날씨가 덥네요." 내려오며 첫인사를 던진다. 남자는 일어서서 여자를 테이블로 안내한다. 마주 앉아 '옷이 잘 어울린다.', '꽃처럼 아름답네요.' 하며 덕담을 나눈다. 5분 정도 덕담이 끝나고 여자가 취미를 묻자 남자는 1시간 가까이 축구 이야기를 한다. 여자는 '제가 축구를 잘 몰라서….' 끝을 흐리며 이야기한다. 1시간여를 지나서야 음료수조차 시키지 않았음을 눈치챈 남자는 주인에게 소리 질러 주문한다. "여기 카페라떼 2잔 주세요!" 카페 주인은 셀프서비스지만 상황을 보더니 음료를 가져가 준다.

　이 남자가 궁금해 유튜브를 찾아 시청해 보니 엄마와 함께 둘이 서로 자기 이야기 하느라 바쁘다. 80이 넘은 어머니는 무슨 이야기를 시작하면 끝은 '결혼해야지', 요즘 말로 '기승전결혼'이다. 아들은 한동안 따로 나가 살았는데, 엄마가 몇 번 쓰러지니 할 수 없이 함께 산다고 한다. 아들은 참고 '네', '네' 하다가 이제 그만하라며 반발한다. 그래도 엄마의 똑같은 잔소리는 함께 있는 동안 계속된다.

　상담 전문가는 두 사람 사는 모습을 보고 "잔소리를 듣는 뇌와 중요한 이야기를 듣는 뇌가 서로 달라 중요한 이야기도 잔소리처럼 하면 잔소리 뇌로 가게 되어 쓸모없는 이야기가 되고 맙니다. 중요한 이야기는 아껴서 무겁게 할 필요가 있어요!"하고 어머니에게 말하고, "노인이 되면 자기 생각으로 고정되어 있어 생각의 확장이나 전환이 어렵거나 되지 않으니, 잔소리가 시작되면 '잠시만요'하고 이야기를 끊어 어머니가 잔소리임을 상기할 수 있도록 도와주세요"하고 아들에게 도움말을 준다.

　여자와 선을 보는 모습을 보고는 여자가 "날씨가 덥네요?"라고 하면, "덥지요?"하고 받아 주며 "물 한 잔 가져다드릴게요." 해야 했으며, 축구 이야기를 할 때 "제가 축구를 잘 몰라서"라고 하면 다른 이야기 해야 했고, "바람 같은 건 안 피는 스타일 같아요." 하면 "네. 그럼요" 하면 되지, "네 그런데요, 아닐 땐 또 아주 깔끔하게 포기합니다."라며 지나치게 솔직할 필요는 없으며, 대화할 때는 말하는 비중이 비슷해야 한다고 도움말을 준다.

　남자가 선보는 장면에서는 아내와의 대화에 어려움을 느끼는 나를 보게 된다. 아내의 이야기는 내게 자주 두서없이 들린다. 예를 들어 저녁에 아내가 들어오면서 "언니와 식사를 했는데, 백반 반찬이 다양하게 나와 좋았다." 한다. "그래? 당신 언니도 솜씨가 좋은데, 백반 반찬이 맘에 들었대? 그럼 정말 잘하는 집이겠네!" 하니, "아니 친언니 말고 탁구장 언니" 한다. 이처럼 많은 경우 주어 없이 본론에 들어간다. 그럼 나는 한참을 무슨 이야기인지 고민을 해야 한다. 매번 아내한테 되묻는 것도 힘들어 아내에게 '설명 좀 잘해 달라'고 타박하면, "개떡같이 이야기해도 좀 찰떡같이 알아들어!" 한다. 찰떡같이 알지 못하는 나를 살펴보면 가벼운 이야기라 여겨 다른 짓 하며 대화할 때가 대부분이다. 앞으로 아내 이야기를 좀 더 진지하게 들어야겠다는 마음을 먹게 되는 대목이다.

노모의 잔소리를 줄이려고 잔소리였음을 알아차리도록 '잠시만요'하고 말을 끊어줄 필요가 있다는 말에 공감한다. 나도 함께 사는 93세 어머니가 같은 이야기를 반복하실 때 '잠시만요'라는 말을 써도 좋을 것 같다. 한동안 나는 어머니가 반복하시면, '벌써 몇 번째예요', 또는 '그만 하세요' 했다. 요즈음은 어머니가 하신 내용을 내가 반복하여 말씀드려 어머니 스스로 했던 이야기임을 느끼도록 했다. '잠시만요'는 일종의 알아차림 명상인 것 같다. 요즘 나는 내 인생의 '잠시만요'를 하는 중이다.

허드렛일

　부천에 숨어있는 인문학 고수의 글 '설거지'를 감명 깊게 읽었다. 설거지에 대한 매우 통찰력 있는 글이다. 아내는 요리하는 것은 좋아하지만 설거지는 정말 싫어한다고 하면서 왜 설거지를 싫어할까를 풀어낸 글로 요약하면 다음과 같다.

　사람들은 요리하면 묘한 흥분을 느낀다. 마치 사냥꾼인 사자가 사냥감을 보고 '어떻게 잡을까' 하며 흥분하는 것과 같다. 그렇게 사냥하고 배불리 먹은 사냥꾼 사자는 몸이 축 늘어져 쉬고 싶을 것이다. 그런데 설거지해야 한다면 얼마나 고역일까? 인류의 긴 역사로 보았을 때 설거지는 얼마 되지 않아 우리 몸에 배지 않은 재미없는 일이 되어버린 것은 아닐까? 내 몸의 거부감을 이겨내며 해야 하는 설거지는 나만이 아닌 이 시대 모든 인류의 고민일 것이다.

　나는 평소 설거지를 하며 힘들지만 재미나게 할 방법은 없을까? 하는 고민을 한 적이 있었지만, 인류학점 관점에서 바라본 이야기는 매 신선하고 재미나게 다가왔다. '인류가 설거지한 것이 그리 오래되지 않았구나! 그렇구나.' 하는 깨달음도 있었다.

　사냥하고 뿌듯한 마음으로 돌아온 마을의 사냥꾼들! 이들은 목숨을 걸 정도로 위험한 일을 하고 돌아온다. 공동체 식구들은 위험성을 무릅쓰고 먹을 것을 잡아 온 그들이 얼마나 대견하고 고마우며 더 나아가 존경스럽기까지 할 것인가? 아마도 용사들을 위해 춤이라도 추지 않았을까? 이렇게 잡거나 채취한 먹거리로 누군가는 요리할 것이다.

간단하게 불에 굽기만 한다 해도 굽는 사람에 따라 그 맛이 다를 것이다. 맛있게 굽는 사람에겐 찬사가 돌아가고, 전담 요리사가 될 것이다. 맛에 대한 찬사와 환호는 더 맛난 조리를 위한 엄청난 힘이 되었을 것이다. 이때는 설거지라는 것이 당연히 없었을 것이다. 설거지는 반복해서 사용할 수 있는 그릇이 등장해서야 비로소 생겨났을 것이다. 설거지하는 사람들은 다른 사람들 눈에 띄지 않는다. 설거지한 것을 보고 '정말 깨끗하다. 깔끔해서 좋다.' 환호하지도 않으며, '누가 설거지한 것이냐?'며 요리하는 일처럼 그 누군가를 칭찬하지도 않는다.

사람은 누구나 격려와 칭찬 그리고 인정에서 솟아오르는 힘을 얻는다. 문화가 발달하면 할수록 요리 또한 발전하고 그에 따라 요리사는 더욱 격려와 칭찬 그리고 인정을 받는다. 그러나 설거지는 아무리 문화가 발전해도 격려받거나 인정받지 못하는 일이다.

설거지 외에도 빨래하고 개는 일, 청소하며 정리 정돈하는 일 등처럼 눈에 띄지 않는 일들은 많다. 바로 허드렛일이다. 그런데 누군가 허드렛일을 하지 않는다면 위생적으로 청결한 옷, 방, 그릇, 정리된 방과 거실 등을 만날 수 없다. 우리 건강과 직결된 일이다. 허드렛일을 격려하거나 인정하지 않고 계속 누구도 하기 싫어하는 일로 남겨 둘 것인가? 그 방법을 찾아보면

첫 번째는 허드렛일의 의미를 찾고 서로 살피며 격려하고 인정하여 다른 일보다 더 가치를 부여해 급료를 많이 주거나, 설거지

대회 같은 것을 열어 격려하는 것도 방법은 될 것이다.

두 번째는 혼자 하면 노동이지만 여럿이 하면 놀이가 된다. 함께 하는 것이다.

세 번째는 기술 발전에 따라 자동화하는 것이다.

우리 집에서 허드렛일의 많은 부분은 기꺼이 내가 한다. 청소가 된 깨끗한 방, 거실 그리고 부엌 기분이 좋다. 뽀독뽀독 닦아 말끔하게 빛나는 그릇을 보면 행복하다. 나와 아내 그리고 94세 노모가 함께 빨래를 갠다. 뿐만인가, 김장하기, 고구마 줄기 벗기기, 멸치 똥 빼기, 마늘 까기, 콩 까기 등을 함께 이야기하며 손을 놀린다. 즐거운 놀이다. 나에게 허드렛일은 이렇다. 허드렛일로 불리는 일을 포함한 집안일은 내게 할 만한 일이다.

누군가는 힘든 텃밭 농사를 취미로 즐겁게 하듯, 허드렛일도 힘들지만 조금이라도 즐거운 사람이 즐거운 방법으로 조금이라도 즐거움을 느낄 수 있는 사람이 하면 어떨까?

전남 나주 출생
헤테로토피아 동인
2023년 시인정신으로 등단
시집 『싱싱한 변명』

가위바위보

산수유는 좁쌀만 한 노란 꽃들이 영글어 숭얼숭얼
잡목들은 아직 마른 가지인데
진달래꽃 주먹을 내밀자
아이는 할머니에게 가위를 내라고
미리 알려주듯
잔가지 가위를 내밀어 달려보지만
아이는 주먹을 내고
내달리는 꽃 주먹을 쫓아갈 수 없다
조금 있으면 꽃 주먹도
꽃보자기를 내겠지
또 내달리며
이어지는
할머니보다 더 오래된 듯한
초록 가위바위보

시집 『싱싱한 변명』 2025.11

고개

끄긍 끄긍
앓으며
老軀가
겨울 고개를 넘는다
—다 온 것 같은데
…
아니, 다시 봄
마른 잎 사이
고통이 살아 봄
어디까지 가야
멈출 수 있나?
—그래
끝까지 가보자
고개 너머 고개
아흔네 고개를 넘어가는
끝없는
고개 넘이의 끝은
둥글다

시집 『싱싱한 변명』 2025.11

발

잠자리에 누우니
그제야 허공에 발이 놓인다.
하루를 꽉 채운 늦저녁까지
많이도 쏘아 다녔다.

이 마을에서 저 마을로
저 빌라에서 그 너머로
이 사람, 저 사람을 만나며
중심을 잡아
길을 잇느라
참 바쁘게도 점들을 찍었다.

하루를 돌아오는 점들은
만선의 배처럼
가득한 것일까?
무엇을 담아 온 것들일까?

때론 알 수 없는 걸음들
저녁이면 허공에 꼭 놓아야 사는 발
발이 허공에 놓여있는 동안
등이 발이다.

낮에 가지 않아야 했던 길을 가고
낮에 가지 못했던 길을 가고
가야만 했던 길을 가야
비로소
점들이 이어진다

점과 점들 사이
밤새 등이 걷는다

시집 『싱싱한 변명』 2025.11

팝콘 꽃

골목길을 건너 사이다 사러 가는 일,
한 달 먹을 약을 타오는 일이
집 밖 출입의 전부가 된 우울,

병원과 멀리 떨어진 곳으로 이사 와
병원 가는 길이 여행길이 되었다.

전에 보았던 것들의 이름을 알았더라도
기억할 수 없는 처음 만나는 풍경들

봄볕에 내리쬐는 햇볕을 내가 주는 양
저건 벚꽃
저건 개나리
호명하며 알려준다

이리저리 둘러보던 우울
"저건 팝콘 같네
팝콘 꽃이네
…
꽃아, 너는 왜 그리 예쁘냐?
나는 손도 짝짝이고, 못생기고, 이도 없는데"

그렇게 웃으며 부른 이름
우울의 팝콘 꽃

네잎클로버

출발할 때
생각이 먼저 들면
날도 추운데 언제 다 가려나
지루해지더니
한 발 두 발
발이 놓인 자리에
몸도 실어 가면
구불구불 길이 되는 산책길
올라갈 때와는 다르게
내려오는 길은
완만했던 사선도 달리 보이며
급경사다

어릴 적
무릎을 자주 깼다
동네 아이들과 달리며 놀다
흙과 모래, 피가 범벅이 된 무릎으로
집으로 돌아오면
먼 산 보지 말고 앞 보고 걸어라

급경사 내리막길에선
발이 놓인 각도로
몸도 사선으로 걸어야 한다
빠른 발놀림으로
위험한 순간순간을 착지하며
무릎에 붙은 모래와 흙과 피의 기억이
냄새를 불러온다

독수공방 할머니의 무릎에는
클로버 이파리 같은 쑥 무덤이 다닥다닥
바다를 건너 달아난 할아버지가 문제일까
어떻게 하면
할아버지를 만날 수 있으려나
행운은
네잎클로버가 가져온다는데

엎드려 네잎클로버를 찾은 기억이 있다

할머니 무릎에선
토끼풀 냄새가 났다
하얀 꽃이 피면
무릎 냄새가 더 짙어지는

시집 『싱싱한 변명』 2025.11

두 그루의 나무

하늘 아래 내가 있고
일상 아래 땅이 있으며
그 아래 바다가 있다

요동치는 바다에서 길어 올린
뭇 생명을
4B연필의 촉감으로
선과 점으로 그려본다

직감과 이성으로 자라난
두 그루의 나무

한 그루에는
글씨가 빼곡하여
이미 나를 이루고 있는 것들이 깃들고

다른 한 그루는
글씨가 없어
내가 가야 할 길의 여백이 남아있다

아직,
그 길 위에서
발돋움한다

노란 비

주춤,
발길이 멈춰졌다

시간을 쪼개고 쪼개
일을 빨리 마쳐야겠다
는 생각이 바위만큼 무거워진 줄 모르고
은행나무 아래를 스치고 지날 때쯤
노란 비 하염없이 내리고
머리에 들었던 커다란 바위가
턱,

산산이 흩어진 바위 조각들이
노란 비 되어 날리고

한 발 한 발 앞으로
파란 하늘이 보이고
만나야 할 사람들과
해야 할 이야기들이 바스락바스락

깜빡하면,
일을 해치워버릴 뻔했다.
사람들을 만나지 못 할 뻔했다.

시집『싱싱한 변명』2025.11

가을

아파트 마당 귀퉁이
양지에 가을이 붉어지고 있다

아이들은 긴 우산대를 가져와 내밀고
할머니는 버려진 의자 위로 올라간다

가시가 알맹이를 호위하며
이리저리 움직이고
가시를 피한 우산대가
가지 끝에 달린 가을을 건드렸다

여기저기 가을이 땅에 구르고
와~와~
아이들이 굴러가는 가을을
하나씩 잡는다

늦가을 소란에
양지쪽에 사지가 늘어진 채
얼굴만 일으킨 고양이에게
아이들이 다가가 대충 먹은 대추를 준다
고양이도 혀로 핥으며
가을을 입맛 다신다

세 살 아이가
먹다 버린 가을 한 입
달콤하다

앉은뱅이책상

식빵 속에 마요네즈가 어릴 적 앉은뱅이책상을 닮았다

들일을 하시는 할머니는 마흔의 나이에 시어머니가 되어 치마폭
에 알 수 없는 공기를 휘감아 팔랑거리시고 엄마는 밭일과 울퉁
불퉁한 부엌일로 머리에 수건 풀 날이 없으시고 아버지는 두 여
자 사이에 삐거덕삐거덕 눈금 없는 저울로 뒤뚱거리시고 논일과
놀 일로 바쁘시고 오빠는 엄마의 기대로 얼굴 볼 수 없고 미련한
작은오빠는 집안일을 거드느라 부지런하고 할아버지는 바람을
안고 집안을 탈출하시고

남동생은 자꾸 장군처럼 자라나고

살짝 누르면 양쪽의 네모난 방으로 스미고 마는 마요네즈가
옆으로 삐져
한낮, 허공에 알 수 없는 의문을 이불로 쌓아가던
작은 방 앉은뱅이책상

겨울, 켜켜이 쌓은 무명 이불 풀어
차가운 방 덥히는
앉은뱅이책상

시집『싱싱한 변명』2025.11

울어도 돼

'신나게 걸어가다 길 위에서 멀쩡하던 다리가 갑자기 움직이지 않는다면….'

1월 어느 일요일, 다급한 전화 한 통을 받았다. 전에 함께 일하던 동료가 가사서비스 할 사람 좀 구해 달라고 했다. 목소리는 내가 아는 그녀와 다르게 힘이 없으면서 우울했다. 일요일이고, 집 안일을 누구에게도 맡기지 않는 그녀가 직접 부탁해서 놀라 이유를 물었다. 고관절이 부러져서 병원에 입원했는데 아이들도 챙겨야 하고 회복에 시간이 좀 오래 걸릴 거라는 이야기였다.

그녀는 십 년 전 우리와 함께 일하다 팔이 저리고 아파서 병원에 갔는데 혈액암이라는 진단을 받았다. 네 번의 항암치료와 자가이식 수술, 그리고 지금까지 약을 먹으면서 치료를 이어왔다. 그 후에도 투병을 하면서 일을 해 왔고, 유난히 긍정적이고 눈물을 보이지 않아, 만날 때마다 그녀의 건강을 확인하며 웃고 떠들었다.

그날도 방학이라 아이들과 박물관 나들이하러 갔는데, 걷는 도중 갑자기 발이 움직이지 않았고, 다시 앞으로 나아가려다 넘어지고 다리가 부러졌다고 했다. 오랫동안 약을 먹으면서 부작용을 지켜보았던 터라, 듣자마자 그녀가 먹던 약이 떠올랐다. 그러나 그녀의 목소리는 씩씩했다. 그저 문제를 해결하면 된다는 듯, 우리는 전화를 단순하게 끊었다.

정형외과에서는 더 치료할 것이 없어, 집으로 돌아와 회복을 기다리고 있는 그녀에게 병문안하러 갔다. 그녀가 앓고 있는 병은 '골수 형질세포 이상으로 뼈를 약화시키는 단백)'이라는 세포가 비정상적으로 증식해 뼈를 약화시키고, 결국 부러뜨리는 역할을 하는 병이라고 했다.

10년 동안 병 치료하며 그 방면에 권위 있는 의사가 내린 처방으로 약을 먹고 '이제는… 이제는…곧 괜찮아질 거야' 하며 믿고 지내왔다. 그녀는 임상시험용 약을 먹는다고 했다. 임상시험 대상자지만, 그런 약조차 먹지 못하는 사람도 있다며 자신은 행운아라 말했다. 가끔 우리와 만날 때면, 약의 부작용이라며 살이 찌거나 직모인 머리카락이 갑자기 곱슬머리가 되어 나타나기도 했다. 그런 그녀와 만나는 시간이 소중해서 웃고 떠들며 그 변화가 더 어울린다, 예쁘다고 수다를 떨었다.

그녀가 복용한 약은 몸을 치료하는 약이 아니었다. 엠 단백의 꾸준한 역할을 막지 못했다. 아무짝에도 쓸모없는 약을 몸속에 털어 넣으면서도, 약이 가져올 희망을 생각하니 사기를 당한 기분이 들었다. 게다가 삶의 의지를 약에 저당 잡힌 채 다음 달 의사가 권할 새 약을 지푸라기라도 잡는 심정으로 기다리고 있었다.

그녀의 집을 나오면서, 교회에서 나온 회지라며 얇은 책자 하나를 주었다. 후루룩 넘기다가 그녀가 쓴 글이 있어 읽었다. 좌절을 겪을 때마다 하나님의 뜻으로 알고 고통을 당연하게 받아들인다는 수기였다. 함께 간 일행들은 허공에 대고 고래고래 소리를 지르고 책을 집어 던졌다.

"이 멍청아, 정신 차려, 지금이 어떤 상황인데, 그딴 말이나 하고 있어!"

그녀의 긍정성을 칭찬해 주는 사람도 있겠지만, 나는 그녀의 속마음이 늘 궁금했었다. 처음 아팠을 때, 우리를 보내고 뒤돌아 병원 침대에 얼굴을 묻고 울던 모습이 기억났다. 아프면 아프다고 소리 지르고, 좋으면 좋다고 환호하며 산다는 것, 이것이 제대로 되지 않을 때가 많았다. 어쩌면 이것이 큰 병의 원인이라는 생각이 들었다.

마지막으로 병원에서 그녀를 만났다. 그녀는 있는 힘을 다해 멀어져 가는 목소리로 내 이름을 불렀다. 그리고 "ㅂㅏㅃㅏ?" 바쁜데 뭐 하러 왔느냐는 뉘앙스를 풍기는 말을 어렵게 하면서 퉁퉁 부은 얼굴로 서서히 멀어져 가고 있었다. 그녀는 자신의 마지막에는 어떤 의료의 도움도 받지 않겠다며 그냥 놓아 달라고 부탁을 했다. 숨쉬기 곤란한 그녀는 물을 떠난 물고기처럼 숨을 헐떡거리며 생을 장엄하게 마무리하고 있었다.

바퀴/차종숙

내가 사는 세상이 남들 보기엔 껌 같아도 나에겐 극한까지 가는 어려움이 닥치고 또 닥치고, 누구나 세상살이는 쉽지 않죠. 위로받기도 힘듭니다. 그런데, 참 이상하죠. 이럴 때 누군가는 손을 내밀고 그 손을 잡는 순간 빛다발 같은 세상이 열립니다. 내겐 시를 쓰는 게 그래요. 늘 숙제하듯 시간에 쫓겨 시를 쓰다가, 동인지 출간을 핑계 삼아 예전에 쓴 글을 고치며 뒤돌아 지난 시간을 훔쳐봅니다. 시상이 떠오른 날은 감상에 치우쳐 늘 허둥댔고, 어찌할 바를 몰라서 내버리어 뒀더니 시간 따라 시도, 감정도, 생각도, 세상살이의 어려움까지 익어 가며, 저들끼리 부비고 얽혀가 낯설지 않은 모습으로 시는 다시 탄생합니다, 평온하게….

시를 쓴다는 건, 내가 만든 내 헤테로토피아에 살러 가는 겁니다. 세상과 나의 경계가 허물어지며 자유로운 혼이 전부인 헤테로토피아에, 잠시라도.

바다/김자영

가보지 않은 길,
공중에 떠서 훨훨~~ 자유롭게 날고 있는 새들을 보며,
먹이사슬에 대해 생각해 본다.

한순간은 치열했을, 아니 어쩌면 비겁했을지도 모를 이면의 삶
에 대해.
바싹 말라 바삭거리거나, 혹은 젖어서 질척거리는 몸뚱이들. 그
속에서 피어날
무엇이 될지, 아무것도 되지 않을지 모른다. 하지만 그냥 가보
자. 헤테로토피아

꺼벙이/노순일

야!
글쓰기 어렵다.

시 쓰기는 더 어렵다.
시를 살지 않는데……
쥐어짠다고 시가 금방 오는 것도 아니다.

나는 왜 쓰는가?
글쓰기는
나의 헤테로토피아
우리들의 헤테로토피아이다.

꽃님이/이경숙

자반고등어처럼 퀭한 눈으로 일상에 찌들어 살다가 인문학을
접하게 되었습니다.

낯선 사람들과 어깨동무하고 오랫동안,

시를 이야기할 때면 매번 다른 설렘으로 하얀 이가 햇살처럼 뚝뚝 떨어집니다.

틀딱(틀니를 딱딱거리다)이 되고도 한참 후까지 처음의 두근거림을 기억하렵니다.

루뎅이/이광호

공고를 나와 대학을 진학하고 직장 생활 3년을 한 후 어찌어찌 대학원을 진학했다. 대학원을 졸업하고 시간강사 1년 후 운 좋게 30살에 컴퓨터소프트웨어학과 교수가 되었다. 34세 결혼하고 아들과 딸을 낳았다. '오렌쥐'라고 말하는 교육부 장관을 보고 내 아이들이 저런 공부에 매몰되기보다 제 뜻대로 노는 것이 더 중요하다는 생각으로 대안 교육을 선택했다. 부천으로 이사 온 이유다.

사이사이 갈등과 고민이 있었지만, 전체적으로 순탄한 삶을 살아왔다. 갈등과 고민 대부분은 세상에 적응하며 살 것인가 내 양심대로 살 것인가 사이에 있었고 나름 최대한 양심을 선택하며 살아왔다. 명예퇴직하고 무엇을 하며 어떻게 살 것인가를 고민하다 우연한 기회에 부천의 숨은 인문학 고수 고석근 선생을 만나 인문학을 공부하게 되었다. 이름하여 시시(視時)한 인문학이다. 시시한 인문학은 지식을 쌓아가는 인문학이 아니라 삶으로 살아내야 하는, 살아서 꿈틀거리는 인문학이다. 그래서 視時이다. 시로 보는 인문학이다. 시(詩)는 지식만으로 쓸 수 없다. 삶으로 경험

해야 비로소 쓸 수 있는 것이다.

　시시(視時)한 인문학을 공부하면서 내가 무엇을 하며 어떻게 살아가야 할지 비로소 길이 보였다. 지금 나는 선현들이 닦아 놓은 길을 배우며 가고 있다. 단독자로 함께 살아가며 내 안에 솟아오르는 그 무엇을 찾아가고 있다.

　사람들이 아름답게 모여 사는 꿈속 유토피아로 가는 길, 살아가며 맞이하는 길들 가운데 이 길이 아니라는 것은 본능적으로 알았다. 그러나 어떤 길로 가야 하는지는 너무도 희미했다. 시시한 인문학은 희미한 그 길을 점차 뚜렷하게 보여 준다. 현실 속 유토피아, 헤테로토피아를 향해 가고 있다는 확신이 선다.

마름모/나순희

평상 위의 내가 딛는 현실의 세계와
아직 닿지 않은 무궁한 가능성의 자리,
그 둘 사이에 스며드는 빛,
그 좁은 틈이 나의 헤테로토피아다.

그곳에서
뭇 생명과 존재의 거리를 배우고,
시대를 품은 바람과 강물을 건너며,
오래 남을 詩를 쓰고 싶다.

헤테로토피아 동인지

앉은뱅이책상

초판 1쇄 2026년 1월 14일

지은이 바퀴/차종숙, 바다/김자영, 꺼벙이/노순일,
　　　　　꽃님이/이경숙, 루뎅이/이광호, 마름모/나순희
발행인 김재홍
교정/교열 김혜린
디자인 박효은
마케팅 이연실

발행처 도서출판지식공감
등록번호 제2019-000164호
주소 서울특별시 영등포구 경인로82길 3-4 센터플러스 1117호(문래동1가)
전화 02-3141-2700
팩스 02-322-3089
홈페이지 www.bookdaum.com
이메일 jisikwon@naver.com

가격 12,000원
ISBN 979-11-5622-977-3 03810